句集
暗渠の雪
Ankyo-no-Yuki

五十嵐秀彦
Hidehiko Igarashi

書肆アルス

序句

青嵐五十嵐秀彦屹立

黒田杏子

暗渠の雪／目次

装幀　間村俊一
装画　田島ハル

句集　暗渠の雪

あんきょのゆき

夢の続き

2013年

手配師の手帖分厚き枯野かな

襟巻をしてこの夜を忘れない

雪原に真つ赤な斧があり眠る

なにもかも呑み込む無尽霧氷林

消しゴムの音なく折れるうららかな

みな同じ貌をして逃水にをり

約束の朧の橋を渡りけり

双眸の黒黒と病む雪解川

櫻散り来る風の音凪の音

遠く来て梅雨入の宿の置手紙

夕立来る苅萱(かるかや)堂を出でしとき

椅子毎に癖あるカフェの大暑かな

ボート漕ぐ脳内の水捨てながら
愛憎のダリア暮れゆく他郷かな

教はりし別れの歌や土用凪

残影の長き揚羽や負の大地

鰯雲足に合はない靴でゆく

野分雲歩幅狂うてゐたりけり

ひとり喰らふ秋天青の走る日に
駿河台下の人波時雨くる

石狩の野を切る界の吹雪かな

ト書には冬の光のありにけり

別れゆくあひづちひとつ雪が降る

小晦日置きどころなき身を庇ふ

日記買ふ夢の続きのために買ふ

ククノチの枝

2014年

大寒や言葉で幾何を解く男

セロリ噛むはるかに遠きまどろみに

久女忌を笑ふ薬缶とやりすごす

襟巻を外す吐息の腥し

沫雪に枝振るククノチの枝
水温むひとの想ひのかたちして

春の宵めし屋にバスの時刻表

人おくりわが身にかよふ櫻かな

櫻湯をさみしき場所に置きにけり

出欠をとり忘れたる花時雨

アカシアの香ありぶしつけなる悪夢
ことづての付箋を拾ふ青葉風

頬熱き闇に降り込む藤の花

ロシア語の聴こえる街の盛夏かな

夏はみじかし医学書を売る女
揺すりてはひとりの時の金魚玉

暗室に父の真夏のうごめける

鬼芥子や髭剃るたびに老けてゆく

秋蝶の複眼まつすぐに堕ちる

封筒に戻す訃報や法師蟬

辺縁に光ありけり菊人形

をさなさは罪科のごとし螽蟖

殺伐といふ字に秋の薔薇を置く

外套を世俗の顔ではおりけり

言訳の冬の林檎を等分に

骨牌のひとり遊びや雪の声

極道を雪の埠頭に送りけり

不空の道

2015年

観世音雪のまんじの夜を歩く

寒燈や生きる途中の転轍機

雪微塵かつて悪所の道渡る

けあらしや父なきことを知らぬ母

風邪ですと言うて淋しき手紙書く

禅学の四方八方ふきのたう

糸遊や聴こえぬ耳を持ち歩く

椅子ひとつあいて櫻のただなかに

海見ては海を識らざる蝶の群

網棚に世過ぎの鞄緑雨の夜

星涼し使徒のごとくにバスを降り

腕の無き人形拾ふ海霧の浜

栗の花だれかを洗ふゆめに醒め

夏木立ロシア詩人のごとき挙手

放たれし言葉にも似て夜の羽蟻

空蟬や月光を待つ背を割り

父に墓無し尾花波あふれけり

煮え切らぬ雲や秋鯖買うてゐる

ただ懼れ赤岳に立つ月に立つ

冬隣キトクといふ字書けぬまま

十三夜指環を分ける女たち

晩秋や不空の道に母を置き

秋空に筋雲長し母を焼く

死ぬ稽古重ねて白き息を吐く

風花や古書肆に言語軟禁す

明日生きることの悦楽冬麗

暗渠の雪

2016年

引き算の果の望郷初御空

太箸を置く遺されし星の数

納骨は言葉の秘匿虎落笛

五体貧しく雪の暗渠となりぬ

冬の日のつまさき並ぶ靴屋かな

あたたかき雪塊を積む空を積む

空知野を貫く群青の雪となり

髭剃りしへの字の顔や日向ぼこ

屋根毎に冬の崩れてゆきにけり

氷点下七度の春を仰ぎけり

初蝶来結びし紐を解くため

余花の蝶半端な死者を追ひにけり

肩薄き少女は突けり心太

廃庭の木椅子一脚ほととぎす

窃視者となれり鉄路の芥子坊主

花萱草岬に向ふ遺族たち

読み終へて蟬の時間となりにけり

白地図にダリアの夜を匿しけり

血を舐める夏を味蕾を忘れない

いらいらとあり白薔薇と紅薔薇と

パンちぎるとき夕焼が遠すぎる

夏が淋しいジャングルジムを揺らす

青空を映す足裏に秋の蝶

口笛は死者の爪色秋夕焼

鵯鳴けり屋上に駆けあがるとき

桔梗や切手を買ひに行く坂に

石榴割る泣くべき夜を泣かぬまま

変装の男と喰らふ新豆腐

秋の夜の坐薬沈めてゐたりけり

翼が邪魔だ秋抱きしめるときも

黒き血のガーゼを捨つる霧の海

複製のけふといふ日の楓かな

薄明を抜けむらさきの冬を着る

肺尖を削る吹雪となりにけり

辺境に歌ありけものめく雪野

外套の埃払へりあこがれも

おうと言ふ男しまきの中を来る

歳時記が手負ひの顔をして師走

半夏の蛸

2017年

牡丹雪本郷暗闇坂無尽

酢牡蠣喰ふ音疾(と)く闇を浚ふ音

億千の死衣のほつれや牡丹雪

春隣泪をにぎりつぶす音

肉体のすきまに櫻詰めてゐる

嘘だつたのだと睡ること辛夷咲くこと

國芳とボッシュの愚者と大朧

嗄れし声あり雪解朧なる

思ひ出の楡ひともとの根が明ける

父のゐる銀座伊東屋花の冷

永遠に暮れざる真午百閒忌

白鳥帰る革命は婚期を過ぎて

タンポポの悲話点点と天文台

北辺の薔薇に汚れし手を洗ふ

手づかみで食らふ手はずの大鮑

北口に蠍座ありし夜の驟雨

土塀より湧きて還らず黒揚羽

そりやあ君存在は主語です凌霄花

白々と半夏の蛸をつまみけり

これが海鞘あれがアンドロメダ静寂（しじま）

不都合な浴衣の女ばかり来る

絶望のセルロイド燃ゆ夕焼雲

辣韮をかじる夕日が近くなる

冠省の冠のふし穴涼新た

秋の燈や笑み乱丁のごとくして

猫の来て女の帰る野分前

秋の燈や第二関節まで舐める

勝又呉服店草の實のはぜる

修司待つカフェ晩秋のボルシェビキ

秋時雨天使見るため眼を洗ふ

紅葉散り敷く迦陵頻伽の大路
少年の群初雪の尾を乱す

帳尻の合はぬふたりの蕎麦湯かな

雪は降り来るゆりかごの雪として

吹かれゆく雪無名なり無明なり

三島忌やいつも映画は途中から

錫(すず)箔(はく)をふくみし声や十二月

蜜柑の皮だらしがなくてやさしくて

雪の朝死者には借りがあるのです

実験棟

2018年

雪明りしづかにたたり神ばかり

地吹雪の炎（ほむら）二階を舐め尽す

てのひらの雪が腐るとささやけり

雨水なり毒のまはりが速すぎる

夕暮れてゆく膝小僧雛の客

人の死を記して春の明朝体

つぎの世の指をからませ苗木市

緯度浅く春の雪野を暗うして

女来て切れよき春の啖呵かな

目の下の隈がゾルゲに似て青野

汝がまみはユダの傷口夕焼雲

北へ来し人らの墓標夏ポプラ

白シャツの少女櫂なき舟に坐し

夏至夕べ名刺をちぎる音静か

レシートに君の名を書く羽蟻の夜
四つに割るメロンに星の匂ひして

石工来て生死一如の蟬時雨

壜詰の夕凪がある歯科の棚

ねぢを巻く名もなき夏の夜のため
腋の下に黄泉ほの光る良夜かな

やがて来る人に手を振る野分かな

秋暑なり南無といふ名の猫とゐて

月光が星のタトゥを浚ひけり

停電の夜は昴と決める秋

弁護士の風呂敷秋のひと色に
印鑑を守るをんなのゐてところ

木の実拾ふ影とふたりで来てみたが
晩秋の蠅が栞になりたがる

実験棟冬黒蝶の越えゆけり

雪炎立てり体内あふるるままに

日記買ふこぼるる夜をひと摑み

越境の靴

2019年

有翼の男ら集ふ鏡餅

古里に穴あり白き御慶あり

雪原の鳴る夜へホーホーと呼ばふ

冬林檎剝けば小さくなる女

けあらしや悪事のごとく人を呑み

ペン尖は鳴れり遺愛の二月雪

はなたれし流星の声追儺の夜

鈴木牛後さん第64回角川俳句賞受賞

花束抱へ牛後さん寒日和

つまり君などと眉掻く余寒かな

根開きの森に一滴星を埋め

多喜二の忌折目の消えた言葉たち

文具店まで潮見坂春の雪

春泥や越境の靴洗ふとき

なにひとつ為さぬひとひを春と呼ぶ

初蝶の触角永遠の快楽（けらく）

薄闇を包みて啖（くら）ふふきのたう

櫻散る両眼洗ひしのちのこと

ことごとく真午となりぬリラの径

一統の罪北辛夷高く高く

仄暗きからだ喰はるる花さびた

夏の夜や思想死に似て望郷詩

息切れるまで夏楡のふもとまで

鰻丼をたひらげ清く別れよう

莫連の口笛ひゆうひゆ土用東風

炎天や母さん死はまだ怖いですか

薔薇園にをり月光はほころびて

迸る滝にヒト科をかがやかす

冷蔵庫死者の家より運び出す

踏切は植民の鐘浜蓮華

姉ひとり盥に秋日沈めけり

マネキンがつぎつぎ死んで萩となる

林檎抛れば灰色の翼が生える

新涼や蠹物(まじもの)満つる辞書を繰り

文字散らす机上の曠野十三夜

逃げてゆくものらのごとく雪が降る

肉食（にくじき）の棘持つ人や冬薔薇

指硬く冬三日月を腑分けせり

雪原に人型遺し人を罷（や）む

一双の肺のはばたく雪野かな

カフェに冬日の鳥獣戯画つぎつぎ

虎落笛チキンカレーが煮えてゐる

冬の星葉書の隅を揃へをり

レプリカ少女

2020年

雪が呑む足首あまた初詣

漂着の宝船敷く明日あれかし

僧形は虚空の方位雪だるま

あなたそれ俳諧ですか日向ぼこ

指一本振ればば雪となる空だ

存分に埋めよ雪野の磔刑図

指立てて水飲むわれら寒の明

間氷期いくつ数へて冬の愚者

淡雪やたそかれを濾過するやうに

街は鰊曇焦点が合はぬ

明日帰る道に人無き野焼かな

海市はるかアレキサンドリア図書館

錯乱の國に雪ふる四月かな

猫柳土堤の不吉をああ書けぬ

春の雷マネキンの腕かつぐ人

櫻までいくつ夜の河渡りしか

中断の春よわははと笑ふとき

海を信ずる荒東風に花東風に

ひと気なき町で水買ふ薄暑かな

肌脱ぎのレプリカ少女歌舞伎町

きーんと音して蛾が潰されてゐる

朴の花五十六億七千万

ガムを噛むをんな半眼にて単衣

庭の妻激しく芍薬を剪りぬ

螢生る青銅裸婦のまなぶたに
炎昼と呼ぶ縁側のふくらはぎ

黒蟻を踏みしのちゆつくり歩む

マタイ伝二十七章きらら這ふ

鶏頭花赤し配流の舟を出す
萩叢の白揺れつくす此処がよし

闇を抱き火を抱き莩殻こぼれけり

月光や雌雄不明の指ほどく

存在のはづれで嗤ふ鶏頭花

沸点は角の木槿のあのあたり

ことづての花野となりぬ暗紛(くらまぎ)れ

二百十日肖像がない家に棲む

はみ出してゐる夕さりの野紺菊
醒めてしまへば白銀（しろがね）の良夜かな

月光の舷鳴らし辞書を閉づ

テーブルの魚となりたる十三夜

途方なく生きをり暗けくに紅葉

朴の実を潰す不機嫌な宇宙

冬の雷傾ぎし書架に生き足りず
花舗（はなみせ）のポインセチアの刃が疼く

日直よまた来る冬の数を記せ

木菟の耳故郷虚構に動かざる

眠り眠れ魚鱗沈めし冬の水

男らは喰うて別れて注連飾る

蜜壺の匙

2021年

あしたには孤島となりぬ鏡餅

年立つやさまざまの靴磨かれて

滅びゆく野にあれば指笛の冬
雪襖くぐりし人の感光す

湯ざめして人を洗ひし日のごとく

金文字の漁協食堂冬鷗

次の間にとほく膨らむ冬の潮

雪の上に一歩カンタービレで二歩

多産系銀河に生まれ春の雪

厨房のをんなに告げる春一番

かりたてることばの春や職を辞す

水温むイエスの髭を誰が剃りし

倦みて帰る雪解朧の夜なりけり

窓側のD席春の海に溺れ

朧夜に落して帰るのどぼとけ

日永人鶏を殺してきたばかり

逃げ方を知らぬ春日がひからびる

あひびきの春の狐についてゆく

いつの日か子を生むひとと花時雨

護謨(ゴム)靴の似合ふ男と座禅草

朴の花棄郷の家の系統樹

書斎憂し立方体のこの海市

ふらここの開放弦をまた揺らし

一頭の初蝶陸橋に暗し

毎日が欠勤の窓櫻散る

燈を消して蝶の気配の佛生会

送る日のおぼろの鍵を受け取りぬ
きみがまだ蘇芳のころのこの蘇芳

オホーツクの遙かな漁(いさ)り花萱草

こんこんとうこんうつぎの手くらがり

たて笛の穴に西日のファを探す

わが咽喉(のど)の吃水線まで万緑

一条の藤にとりのこされてゐる
あぢさゐや髭延びたから逢ひにゆく

インキ壺は独逸製なりゼラニューム

解剖図白詰草はどのあたり

くちなはやことづて途切れゐる朝に

死者を抱く疊となれり大西日

背表紙の涼しきものを探しつつ
傘を選る指美しき夕立かな

罎詰のコカ・コーラほどには孤独

ソ連邦生まれの人の日傘かな

虫籠を持つひとりづつ消えてゆく

栗の花喉の奥まで白日で

浄夜月光小走りに君を追ふ
硝子戸を引き満月を逃がしけり

セロテープ剥がす月光ごと剥がす

月代や蜜壺の匙深くして

寝にもどる片割月の刻限に

蛾を潰しては音の無きため息で

終りなき追伸やしばし蜩

よく歩く月光佛の芒原

神聖冒瀆団栗落ちる落ちる

星祭見おぼえのなき猫とをり

秋薔薇くだんの人が語り出す

桃一顆いちばん遠い場所で剝く

弁解の林檎半分黄ばみをり

退屈がうれしい信濃柿ごろり

犬が尾を振る誰もゐない花野に

白炎

2022年

二〇二一年十二月二十日　深谷雄大先生逝く　二句

発つ人の白炎追へり初山河

双六やそのまま行けと言はれし日

薺粥不一と書きしのちのこと

語り出す机上いぶせき雪の光

雪原の理髪師白き布を振る

夕暮れてくる焚火などしたくなる

雪塊はゆたかなり未彫のダビデ

夕東風を歩く誤植の貌をして

赤き燈の路地に上手に泣く雪解

猫柳はなもちならぬ風が吹く

野遊びにゆく水深を測る手で

連翹花血の沫かくもよごれやすし

櫻咲くのかこの道にこの修羅に
すべての夜蘇芳の花の前で待つ

蜂よ動詞が使ひ尽されてゐる
身の滅ぶとは何ごとぞ牡丹は緋

散り散りになる夕焼がついて来る

牡丹の群れそこなつてゐたりけり

半ズボンの爺さんが来るピカソ似の
文庫本閉ぢ蟻の死を確かむる

ひたひたひた太き夜の来る栗の花

君よその嚙まれどころがよくない虻

いまバスのなかか百合抱へて友よ

蜥蜴の色湖いづくより碧となる

恋人とグラジオラスが地に刺さる

忘却を装ふ蛇口広島忌

母國喪失南西の風やや秋暑

秋雨を聴いて帆布のごとく寝る

葬の夜の団栗ひとつ光るを宥せ

秋の野まぶし点景のひと眩し

うそ寝して遠き野分とともにゐる

さんざめく花虎杖の死すまで花

声帯は父性の記憶冬初め

冬薔薇を挿して一家の仕舞とす

ゆるやかに雪と書きをり雪降れり

祝福のなきひととゐる聖夜かな

雪降れば雪呑む海を見たくなる

たまのをと言ひていよいよ虎落笛

雪塊を削る切つ先夜を削る

降り霽れる雪原われら時を埋め

あとがき

句集『無量』から十年が経ち、そろそろ新しい句集を出してもいいか、と思うようになりました。句が溜まったからではなく、一枚のポートレートのようなイメージができたからです。

私の十年は、俳句集団【ｉｔａｋ】とともに歩んだ歳月です。なかでも二〇一八年に札幌で開催した「藍生＋ｉｔａｋ合同　全国のつどい」がハイライトでした。本来は結社「藍生」の「全国のつどい」だったものを、黒田杏子先生がｉｔａｋとの共催としてくださったのです。ダメ元で声を掛けた夏井いつきさん、吉田類さん、岡大介さん（カンカラ三線歌手）、豊川容子さん（アイヌ文化伝承者・歌手）、ペナンペ・パナンペ（漫才コンビ）、フンベシスターズ（アイヌ音楽グループ）、ほかにも多くのジャンルを超えたメンバーが勢ぞろいで友情出演してくれたのは、黒田先生の人間的な魅力あってのことでした。全国から集まった藍生連衆とともに大盛り上がりの二日間となったことは忘れられません。垣根無しのなんでもありのイベントは、なにかと垣根が邪魔をしがちな俳句というジャンルさえ跳び出す二日間になったのです。いま思えば、北海道という風土・文化に向き合う覚悟は、あのときにできたのかもしれません。

二〇二三年一月から三月にかけて北海道立文学館で「細谷源二と齋藤玄 北方詩としての俳句」を企画・監修しました。新興俳句弾圧事件に焦点を当てた企画の趣旨を文学館が理解してくれて、長野よりマブソン青眼さん（「俳句弾圧不忘の碑」発起人）をお呼びすることができました。マブソンさんは講演の中で「北方詩としての俳句」という点について強い共感をもって語ってくれました。その時、私としては何気なくつけたサブタイトルと思っていたものが案外私の全思想であるのかもしれないと気づかされたのです。常に行き当りばったりで歩んできたはずの歳月が、実ははっきりとした道でした。

そのひとすじの道を無数の点で繋いでくれた句が、この一冊に収められています。

句をまとめると、まるで『無量』の第二章のような内容となりました。それならばと、本の体裁も前回と同様にし、再び書肆アルスの山口亜希子さんと装幀家の間村俊一さん、イラストレーターの田島ハルさんとのチームで作成することにしました。一期一会のこの世にあって、十年の歳月を経ながら再び同じチームによる句集を出せること。その巡り合わせに心から感謝いたします。

一緒に年をとってしまった友人たち、いつも支えてくれる妻・直子。みんなにありがとう。

『暗渠の雪』の準備中に黒田杏子先生が突然お亡くなりになりました。ゲラも見ぬうちに序句を作ってくださって、「できました。言います。〈青嵐五十嵐秀彦屹立〉。全部漢字です。」と電話をいただいたときの、切れのよい張りのある声が忘れられません。先生の突然の不在を、まだ受け入れられずいます。

「好きにやればいいのです」と、何度言われたことか。好きにやれと言われるたびに怖かった。私の足らぬところをいつも見抜かれているようで怖かった。表現者の自由と孤独を教えてくださっていたのだと、いまになって思います。

ともかく、第二句集ができました。

深谷雄大先生（二〇二一年十二月二十日逝去）と黒田杏子先生（二〇二三年三月十三日逝去）の墓前に、このささやかな句集を捧げます。

私はもう、ひとりです。

　黒田杏子巡礼花人は発てり

二〇二三年四月一日

五十嵐秀彦

【著者略歴】

五十嵐秀彦（いがらし・ひでひこ）

1956年生まれ

1995年　「藍生」入会

1996年　「雪華」入会

1997年　「雪華」同人

2003年　第23回現代俳句評論賞、藍生新人賞

2004年　雪華俳句賞

2010年　「北舟」句会入会

2012年　俳句集団【itak】代表

2013年　句集『無量』刊行。同書で第28回北海道新聞俳句賞佳作受賞、藍生俳句賞、北海道文化奨励賞

2020年　藍生大賞

2022年　同人誌Asyl（アジール）創刊

現代俳句協会会員

俳人協会会員

〒062-0025

札幌市豊平区月寒西5条10丁目1－7－104

e-mail : hide.ig@nifty.com

句集
暗渠の雪
あんきょのゆき

令和五年六月　一　日　初版発行
令和五年七月十四日　再版発行

著　者　五十嵐秀彦
発行人　山口亜希子
発行所　株式会社書肆アルス
東京都中野区松が丘一 - 二十七 - 五 - 三〇一
〒一六五 - 〇〇二四
電話　〇三 - 六六五九 - 八八五二
https://shoshi-ars.com/　info@shoshi-ars.com
印刷所　株式会社厚徳社
製本所　株式会社積信堂
落丁・乱丁本は発行所負担でお取り換えします。

ISBN978-4-907078-42-3　C0092